PLATERO Y JUAN RAMÓN

Copyright © 2005 by Ediciones SM, Spain.
Text copyright © 2005 by Carlos Reviejo.
Illustrations copyright © 2005 by Ulises Wensell.

Project and editorial direction: María Castillo.
Design of the collection: Estudio SM.
Editorial coordination: Teresa Tellechea.

This edition published by arrangement with Ediciones SM.

For information regarding permission, write to Lectorum Publications, Inc., 557 Broadway, New York, NY 10012.

Printed and bound in Spain.
10 9 8 7 6 5 4 3 2 1
ISBN 1-933032-10-3

Library of Congress Cataloging-in-Publication data is available.

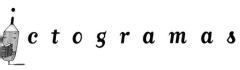

ctogramas

arlos Reviejo

ustraciones: Ulises Wensell

Platero y Juan Ramón

ECTORUM
BLICATIONS, INC.
a subsidiary of
SCHOLASTIC

Platero y Juan Ramón

Moguer es un pueblo de  blancas

y  azul. Tiene y ,

huertos de , y, allá arriba, los .

 está cerca del .

Sus , a mediodía,

huelen a recién salido del .

 es el pueblo de Juan Ramón Jiménez,

el poeta que escribió "Platero y yo".

era un burro pequeño, de gris,

suave y blando como el  .

Tenía unos  negros como el ,

y redondos y grandes como un .

Era tierno y mimoso, pero fuerte.

 comía de todo: , , ,

 y sabrosas .

vivía en un

con una   gris, que, cuando jugaba,

le topaba suavemente con sus   .

Y con Diana, una   blanca,

que tenía una   en el

y le lamía el

con su larga   rosa.

Cuando 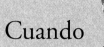 entraba en el ,

 le saludaba con un rebuzno.

Y parecía que quería romper la

que le ataba, deseoso de salir al

para revolcarse entre las y las .

Algunos días, al atravesar

las últimas 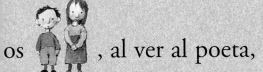 del pueblo,

los , al ver al poeta,

con su , su 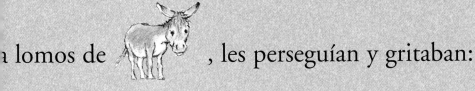 y su negros,

a lomos de , les perseguían y gritaban:

—¡El loco! ¡El loco!

 tenía un . Se llamaba Darbón

 y era grande como un

y rojo como una .

Le faltaban los y, cuando hablaba,

se le salía el aire entre los

como si fuera un .

A pesar de ser tan grande,

Darbón tenía un blando de .

Si veía una , una  o un ,

se enternecía, y reía y lloraba al mismo tiempo.

trataba a como si fuera un .

Entre broma y broma, le decía

que no podía llevarle a la  ,

porque ¿en qué se iba a sentar

y con qué escribiría?

Pero no le importaba que no supiera leer

ni escribir, porque comprendía mejor

que muchos . Y, por eso,

mientras el burro mordisqueaba

las pocas del verano,

 le cantaba o le decía versos.

En silencio, veían caer el ,

y cómo el se vestía de mil .

Y, en la  , contemplaban la

y las y escuchaban el canto de los .

A  lo quería todo el mundo.

Tenía muchos :

Anilla "la Manteca", la "Niña Chica",

Rociíllo, Adela, Darbón...

y jugaba con muchos .

En primavera, iban al de los chopos

y volvían, al trote de ,

cargados de amarillas,

mojados por la

de una pasajera.

Otras veces, echaban carreras, y, si ganaba ,

 le ponía una  de perejil.

Los aplaudían y  movía orgulloso

sus y su .

En septiembre, desde el  de detrás

de la del huerto, veían los  .

 , al oír el estampido de los ,

se asustaba y corría y rebuznaba entre las .

¡Y cuántas veces escucharon

desde la  de la Fuente

el repicar de las de la !

Durante mucho tiempo,

 y  pasearon felices

por las  del pueblo.

Pero se puso enfermo y Darbón, su ,

nada pudo hacer por él.

El pobre ,

con el del mediodía, murió.

Lo enterraron al pie del

que está en el huerto de la Piña.

Allí iban  y los

a visitar su .

El poeta pensaba que si había un

para los burros, 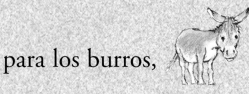 estaría en él.

Y llevaría en sus lomos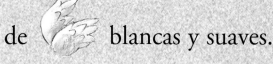

de blancas y suaves.

Y, tal vez, allí comería deliciosos de .

Si algún día vas a

y paseas de por sus ,

cierra los ; quizás puedas oír

el alegre rebuzno de un burro

y la voz de , diciendo:

—¡Arre,  !

VOCABULARIO

 alas
ALAS

 campanas
CAMPANAS

 algodón
ALGODÓN

 campanilla
CAMPANILLA

 amigos
AMIGOS

 campo
CAMPO

 ángeles
ÁNGELES

 carbón
CARBÓN

 arroyo
ARROYO

 casa
CASA

 barba
BARBA

 cerro
CERRO

 buey
BUEY

 cielo
CIELO

 cabra
CABRA

 cohetes
COHETES

 calle
CALLE

 colores
COLORES

26

corazón
CORAZÓN

corona
CORONA

cuello
CUELLO

cuerda
CUERDA

cuernos
CUERNOS

dientes
DIENTES

escuela
ESCUELA

establo
ESTABLO

estrellas
ESTRELLAS

flor
FLOR

fuegos artificiales
FUEGOS
ARTIFICIALES

globo
GLOBO

granados
GRANADOS

granada
GRANADA

grillos
GRILLOS

hierbas
HIERBAS

higos morados
HIGOS
MORADOS

hocico
HOCICO

hombres
HOMBRES

horno
HORNO

 Juan Ramón
JUAN RAMÓN

 labios
LABIOS

 lengua
LENGUA

 luna
LUNA

 lluvia
LLUVIA

 malvas
MALVAS

 mandarinas
MANDARINAS

 mar
MAR

 margaritas
MARGARITAS

 mariposa
MARIPOSA

 médico
MÉDICO

 Moguer
MOGUER

 naranjas
NARANJAS

 naranjos
NARANJOS

 niño
NIÑO

 niños
NIÑOS

 noche
NOCHE

 nube
NUBE

 ojos
OJOS

orejas
OREJAS

 pájaro
PÁJARO

 pan
PAN

 pasteles
PASTELES

 pelo
PELO

 perra
PERRA

 pino
PINO

 Platero
PLATERO

 pluma
PLUMA

 pozo
POZO

 rabo
RABO

 sandía
SANDÍA

 silla
SILLA

 sol
SOL

 sombrero
SOMBRERO

 torre
TORRE

 traje
TRAJE

tumba
TUMBA

 uvas moscatel
UVAS
MOSCATEL

 viñas
VIÑAS